句集

青簾

榎本好宏

AO SUDARE

Enomoto Yoshihiro

角川書店

目次

装丁　片岡忠彦

句集　青簾

平成二十七年

百十九句

懇ろの二字の乾きぬ初硯

素うどんを啜り四日の終りけり

峯々の真闇見上ぐる里神楽

雪搔きて翁まづ入る初薬師

炉明りにまさる胡坐のなかりけり

湯上りの雪見障子の使ひ初め

赤子の名火鉢の灰を均しては

わらんべの列の小便寒の入り

二の膳の出る頃合ひよ冬夕焼

牡蠣船に後れて木箱積まれけり

雪の夜の鶴折りながら聞き上手

夜神楽の笛方一歩前に出て

日溜りへリルケに逢ひに行くやうに

長風呂の母に埋み火して下がる

誰も寄りすぐに立ち去る焚火かな

わが旅に合はせ炉開きしてくれぬ

山の神の供へを一荷蕨狩

杜氏帰る初午に酒奉り

涅槃会の雀の羽の色にして

梅を見に子の鍔広を借りて行く

紅梅を見て幾《いく》人《たり》を見送りぬ

煩はすことになりけり剪定も

釘煮着く東《あづま》をとこで酒好きに

紅梅の澄みて濁りて終りけり

萩根分け大黒さんがまづ抜けて

畦焼きて昼餉は沢の水汲んで

届きけり濡れ新聞に三葉芹

立子忌の列の流れて虚子の墓

白魚のここも伊万里の大皿に

解き物の糸屑付けて独活買ひに

鳥帰る奈良より京へ逸れながら

初燕小筆に足りる墨磨りて

風船を突き返してや行乞へ

葱の花田舎教師で終りけり

稲藁の一荷着きけり厩出し

気散じにしても永かり伊勢参り

初蝶や分厚く寺のものがたり

人分けて棺に入れぬ春日傘

芽の山に名付けなかりし神代より

纜《ともづな》のたるみて鰆漁日和

花後のみな遠景色遠がすみ

花茣蓙の忘れてありぬ桜蘂

人の優し杏の花の咲きてより
畦塗りて枝豆の種蒔きにけり
聞き役の雀隠れに膝立てて

豆の花靴紐きつく会ひにゆく
矢車の音の早瀬のやうにして
月の出て苗の消えたる植田かな

平成二十七年

鯉幟かつぎ小便小僧けふ

矢車の音に晴れてや伊吹山

魚簗掛けて父の昼寝に帰りけり

夏花剪る音のけふより井戸端に

山雀の日向に遺影持たされて

茗荷汁言ひだしつぺは娘婿

沖縄忌日暮を少し歩きけり

梅干しの筵ずらせて郵便夫

今見ねばけふ仰がねば海紅豆

虫干しの庫裡に今年も招かれて

花莫蓙を敷きてつくづく独りたり

みくまりの片方《かたへ》千曲へ青き田へ

平成二十七年

夕端居義理欠くことをまた一つ

手花火の匂ひの路地の子沢山

夕立の足止めもよし芝居観て

立葵見上ぐる花となりし早や

神頼みに一つ加へぬ早星

今年竹口笛吹けばまた伸びて

めまとひを払ふ仕草と思ひけり

また一人絵日傘すぼめ古本屋

ひんがしに雫滴る大西日

ヒロシマへナガサキへ星順に出て

大西日広島にまたいつもの夜

煙草の香させて現る真菰刈り

神輿舁《か》く杜の匂ひも秋隣

早よ外せ婆のひとこと秋簾

水分《みくまり》にこのごろ数の石叩き

はや沖に入江待ちたる秋刀魚船

火をもらひ燈籠流す列につく

大川の漣およぶ鯊日和

葛の花戦後長かりこれからも

火祭の竹の弾ける音で終ふ

鎌研ぎて水引の花剪りもして

人恋ひの台詞ありせば秋の蝶

啄木鳥のそぞろ歩きに添ひくれし

初あらし子規に糸瓜の揺れながら

木槿咲くあの日よ生きて還りけり

白萩の寺の山門描きて去ぬ

をどりの輪崩れて笛に揃ひけり

秋雲のどれも影して鮭番屋

鯊舟の少し流れて昏れにけり

流れ星馬に名の付く厩の上

縁取りのやうに鶏頭城下町

蜩の退るさきざき石仏

朝市に芋茎《ずいき》の束と絵らふそく

径どれも猿鳴く丘へ大花野

燕去ぬけふより蔵の扉を閉ぢよ

いちはやく桔梗の花昏れにけり

敬ひし人皆なかり箒草

烏瓜の蔓引く杜を動かせて

一位の実摘まみドックへ船大工

待宵の夕餉急くことなけれども

身支度を猟《さつ》男《を》のごとく野老掘り

女童も分けてもらひぬ烏瓜

田の水を落し目くばせ碁を打ちに
勢子が帯締め直してや角切りに
神話みなこの蒼月の中に在《ま》す

稲雀聞こゆる父に一間あり

船酔ひのやうに銀杏の散りながら

暫くは掃いてくるるな柿落葉

秋の陽の日に日に奥へ厨まで

涸川の葭の根張りの流れけり

釘を打つ音の冴も冬構へ

鱈船に板渡しあり昼餉時

墓石を数へるやうに梟鳴く

神還る八百八島まなかひに

どの寺も山茶花散らす日向あり

色足袋を履きて習字の先生で

来し方を湯ざめのやうに顧みる

紙漉きの時々川の音聴きに
こつごもり蟹の脚吸ふ音させて

平成二十八年

百二十三句

御降りの丹沢辺りより晴れ来《く》

太箸の数の足りさうひいふうみ

家訓とは煤けるものよ初硯

松の反り杉の直ぐなる山始め

初夢といへどあまりや子沢山

三日より月見え始むけふ更に

鰤の字の雨に滲みて初荷着く

地下足袋の痕を重ねて斧始め

福藁を踏む音させて獅子頭

遠回りしても買ひまひよ切山椒

御社の罅《ひび》もそろそろ鏡餅

松明けの海に犬連れ一屯ろ

雪晴れを順に見上げて勤行へ

酔うてまた漁師の呉れし鱈提げて

煮凝をつまみそこねしけふ終る

梟の独りの酒に鳴きくれし

船の出て舟戻りけり雪催ひ

諳んじる経ひとつなし寒詣で

焚火より消壺抱へ戻り来る

箒目にすぐに足跡寒牡丹

誰招くでもなかりけり寒鮃

風花に聞こゆる島の数へ唄

鱈船の残してゆきぬ大焚火

枯山の匂ひ哲学者になれさう

冬凪のただいま余生どの辺り

泣きに来よ冬薔薇の束提げてまた

打上げの肴は潤目鰯で足る

降りて来よ伽を聞かせに三十三才

戒名に星の一字よ寒椿

このところ少しづつ色青木の実

母祖母のあり余る針納めけり

本伏せて雪解雫にまた眠る

冬構へ解きて斯くまで藁の嵩

日和とは梅の花咲き始むる日

誰が乗りし仏足石に春の泥

谷戸ここも人の行き来や梅のころ

平成二十八年

かすみつつ峰の名告《なの》りや百千鳥

寺々に木の芽色づく高みあり

囀の少し甲《かん》高《だか》塩の道

鳥交る昭和に忘れ難き日々

宵宮に白魚飯を炊きくれし

塩の道ここら半ばよ岩燕

かりがねの帰る伊吹の晴れ指して
鉦の音の霞の奥のいづくより
竹の秋ついで参りと言はれても

垂ることにさへや力を花馬酔木

蚕豆の花に触りて合格子

藤房の丈をつづめて雨の降る

三椏の花よ還らぬ人々に
とびとびに東踊りへ着飾りて
礼肥を桜蘂降る上に撒く

賛美歌の誰がため続く花辛夷

長閑さや寺の謂れは知らずとも

やれやつと楓に花の咲きにけり

矢車の音の一日何もせず

一人づつ庭に出てくる更衣

葛餅を買ひ忘れたる罰当り

蔓払ひ神輿の庫の開かるる

青竹を使ひ果たせし魚簗の成る

虫干しのもう一並べ母のもの

田明かりの月も十日を過ぎてより

魚簗掛けて父の戒名唱へけり

誰が居りし岩波文庫籠枕

音させて扇閉ぢけり打出しに

牡丹咲く合はせ鏡の中にけふ

めまとひが教へたがりし閨《ねや》事《ごと》を

梅の実に日溜りの色少しづつ

待つといふ牡丹の花の咲くころに

耳打ちのやうに昼顔咲きにけり

葵散り謂れどほりに梅雨の明く

簾の束寄席裏口に届きけり

どの花も終へて南風《みなみ》の吹くばかり

田の畔に枝豆の丈揃ひけり

水打ちて恵方筑波に一杓を

夏目漱石展

万緑のひかり漱石デスマスク

月見草いつも見送りこの辺まで

待宵と昨夜の手紙の書き出しに

名の月の頃よ簾を外さねば

水の澄むさきはひ事は人伝てに
遍しと神の呟く望の月
鯊焼いてくるる忌明けとなりにけり

音にして砂のこぼるる良夜かな

きちかうの花揺るる世に戦なし

結納に虫鳴く夜を選みけり

新蕎麦の箸の重さをひと啜り

稲架掛くるをみな二人を休ませて

百歳のめをと真中に案山子揚げ

漣のやうにいちやうの黄ばみそむ

もみづりぬ欅の下の足音も

銀杏の落ちる婆達いづこから

萍《うきくさ》の看取りのやうにもみづりぬ

冬の立つ指輪緩みし柏手を

冬の雨蓮の池に音させて

干網にまた来てをりぬ冬の蝶

立冬の絵馬飾らるる能舞台

茶の花の前にてお待ち申します

目貼りして母の早寝や今年また

茶の花の太宰入水の辺りまで

二基三基冬田の中に祖《おや》の墓

神還る落葉濡らして匂はせて

風呂の灯もはや消されけり狩の宿

襟巻きを畳みて膝に一幕見

浅草の人出ここまでお酉さま

波郷忌の一人としてや隅田川

寝につきぬ星の入東風《いりごち》聴きながら

小芥子《こけし》削ぐ音の聞こゆる冬の晴

毛糸編む神に仕へるやうに座し

これほどの棒に竹竿冬構へ

新海苔の紙の帯解く小指立て

雪吊りの縄の一筋持たされて

柿落葉のせて薄氷流れて来

前《さき》の世に罪あるごとく大根引く

雪沓を借りて紙漉く裏家まで

昆布買ふついでありけり都鳥

母背負ふやうに大根を干し場まで

溢るるといふさきはひを柚子の風呂

忌の明けてまづ切干しを並べけり

注連作る藁に青さのほのぼのと

駅裏に繋がるる馬数へ日に

注連作り小屋に岡持ち届きけり

年忘れ済ませ戦地へ行つたきり

年越にひとつ足りなやいや二つ

どの木にも布巾吊りあり晦日蕎麦

平成二十九年

百六十五句

賀状書く会津八一の日本海

恵方より雪崩の音よもう一つ

餅花のしだれのやうに存へて

麦の芽の列のゆがみも山颪

夕星に後れて寒の二日月

迎へらる雪見の席をしつらへて

白鳥の田川の入りぬ最上川

雪沓の跡の行き来や野菜庫

寒椿さりとて隠居でもなかり

雪晴れの賜りものよ吾の影

ずわい蟹袋に透かせ訪ね来よ

復員の寒の月夜にまた一人

初午の鳥居つづきて花街へ

船の出るたびに小波芦の角

筆立てに鰊曇りと書きありぬ

「筆立て」は手紙の書き出し

斑《まだら》かに火の走りけりお山焼き

ひこばえを蹴りて済みけり仲違ひ

蒼く澄む蛤の汁《つゆ》祖母の忌よ

青饅に盃いくつ揃へばや

海苔舟の水脈《みを》を正しく戻りけり

吹かれゐる花の楓の声聴かな

桑を解く鞭打つ音をさせながら
榛《はしばみ》の房の長さを生き甲斐に
早咲きの梅折りてこよ臨終へ

薇の採み手替りぬ昼餉より

芽木山に打ちて返りぬ鍛冶の音

苗代に鈴振る音し水の入る

葺替への茅の届きぬ舟寄せて

初恋の色に反りてや花楓

青柳の枝垂れの影を信ずべし

花道に山吹の花能舞台

虚子に問ふ立子に聞かう蜃気楼

風鎮の音のときどき桜散る

揚げ雲雀草々の青曳きながら

雁帰る夕星に群れまたひとつ

せきれいの叩き暮れたり桜蘂

平成二十九年

引鶴の羽音かくあれ鼓唄

雁風呂と思へばも一度首にまで

蘗踏みて代譲りけり桜守

散り初めて咲きそめて春短かり

熊蜂の羽音のやうな嘘をつく

槍立てて背山より声薪能

春日傘回しながらや振向かず
更衣見るべき花を見尽して
取り囲み取り囲まるる袋角

滴りに若葉の色のうつりては

葛桜名付け親とし招かる

正岡子規展　二句

葉桜や見飽きし子規の上野山

更衣かはるがはるに律と八重

昆布干す浦の百戸の誰も出て

羽抜け鳥昼酒息《そく》に誘はれて

きのふより幹の隠るる若楓

水の輪の大きく早苗束投げて

青簾吊りて結納かはす日に

厨より織切りの音宵祭

桜の実落ちて弾みて独りぼち

朝霧の中より帰る穴子舟

平らかに誰も眠れや牛飼座

栗の花目立たず生きてこれからも

蠟塗りて簾戸《すど》の滑りも今宵から

螢見に名のなき谷戸を幾曲り

苔の花観音像の踵の辺

滝落ちて駿河へ下る塩の道

悼

桜桃の紅を別れの色として

朝凪やまた永からん一日に

打水の乾きそめけり祭り客

花茣蓙の藍の匂ひに肘枕
遠雷の赤城を蒼く見せながら
昼顔が誘うてくるる海辺まで

岬出て烏賊釣り船の皆灯す

男体の山の形に青嵐

神輿昇《か》くみんな柄杓で水飲んで

どの蟬もあをく鳴きくれ母の忌よ

本伏せて暫し聴くべし青嵐

小流れにときどき背鰭濁り鮒

蟬しぐれ衣《きぬ》張《ばり》山《やま》に衣張らむ

棉の花繰り言さへも恥かしき

螢見の舟押し出さる漣へ

吾が書庫に居てもくれけり紙魚《しみ》ひとつ

青葉せり冴のとどく麓まで

絵日傘を一人開けば次々に

水澄し群がり月に還りけり

海からの風を等しく青田波

蕎麦食ひに花の茗荷を一握り

合歓の花見上げて遺書を書くつもり

ヨットの帆現れて反りけり青岬

酒冷すいとまありけり通夜帰り

万緑の中へ霧《きら》ひて女滝落つ

偲ぶこと夕顔の花待つやうに

箒草月より現れて割れにけり

花合歓の高さに肘を弓稽古

百日の一日といへどさるすべり

頁繰るやうに山雀四十雀

ははきぎの虚子の呟く頃合ひに
夕顔に尋ねたき事けふ数多
どの蜂に貰ひし色よ草の花

袋負ひ自然薯掘りに行つたきり

平らかに吹かれながらや花楓

山に掌を合はせ箸持つ生身魂

苧殻火の尽きるまで母膝つきて
送り火の京都の闇に噎せながら
終ひ湯に草かげろふを浮ばせて

落人と呼ばれて永し曼珠沙華

秋蟬に凭れかかられゐるやうに

花火揚ぐ盆会過ぎたる田の上に

子規の忌を去年は忘れてゐたけれど
とんばうの女滝裏より三つ四つ
二夕夜三夜流るる星を旅にゐて

鈴虫を飼ひて今年も早寝癖

山萩の囃子詞のやうに咲く

川上にもひとつ篝虫送り

蜩の杜をまあるく見せながら

秋旱つづく洛中洛外図

穂孕みの芒なだるる日本海

秋扇畳み彼岸を済ませけり

錦木の色のこほしき淡海かな

蹲踞《つくばひ》を離れ夕焼へ秋の蝶

待宵のをみなばかりが外に出て

色鳥の声の中より現れ来

法師蟬沖の船より聞こえ来る

日の本に西と東や野分晴れ

海よりも山に伏しけり穂の薄

酒匂川沿ひに鯛さかのぼる

酔眼の寝しなに秋の星数へ

咲きそめて花に折り目や白桔梗

萩枝垂るほどの雨でもなかりしよ

平成二十九年

待宵や男滝も細くなりしはや

十六夜を例へ申さば酢の匂ひ

穂の稲に窪み残せり秋出水

楓より今宵の夢の色もらふ
干し小豆筵ずらして掌で均す
名の月の終りて幾夜欠けながら

平成二十九年

杉の秀に雁が音のけふ幾そたび
蘆刈りに伊吹颪の止みにけり
錦木に誰も触りて学校へ

櫨もみぢ男滝辺りに濃かりけり

月昇る桜もみぢの匂ひして

筆置くに錦木の葉を二三枚

牧閉ざす牛の塩嘗め壺集め

いち早く勢子の揃ひぬ初猟へ

秋収め墨買ふことを名残りにし

まづ杜にもみづる匂ひいちやうより
毬栗の落ちる音さへ丹波にゐ
渋皮煮ことしも叔母の文付きて

平成二十九年

烏瓜提げて太宰に遭ひに行く

新藁を濡らして虹の立ちにけり

戦なし桜の落葉踏みながら

標札を残しあらかた雪囲ひ

冷えびえと月の欠けゆくけふ更に

紙漉きに嫁と呼ばるる働き手

後ればせながら山吹返り花

枇杷の花見上ぐ新任教師たり

神の御《み》食《け》捧げて列を小六月

もう師走やつと師走と言ひながら

廊下まで欅の影よ冬安居

当てなしの師走に買うてお六櫛

藁束に鳶の柏手注連作り

餅搗きに囃子唄あり翁より

鰹節を叩く音せり歳の市

雪螢怒り肩また撫で肩に

年用意馬鍬も鎌も蔵はせて

竹がまづ先に届きぬ注連作り

平成二十九年

餅を搗く音の一日お大尽

これほどに何もせぬ日よ大晦日

神山の篝いよいよ去年今年

句集　青簾　畢

あとがき

子供の頃から我が家では、青簾を吊るのは私の役目だった。その青簾を吊っていると、不思議と過去が蘇って現在と交錯する。齢八十を越えた今もまったく同じである。迷うことなく第十句集の集名を『青簾』とした。

俳句の表現もこのところ変わってきたと思う。現代俳句を見渡して、漢語を使う句があまりに多いことに慨嘆し、大和言葉の多用を意図的に試みた。簡単に言えば、漢語は音読みによる言葉だが、大和言葉の大方は訓読みの言葉で、日常使っている言葉と思えばよい。四年前に創刊した俳誌「航」の中でもしきりに主張してきたことだから、自らの作品にもそれを活かしてきたつもりである。

平成三十年七月吉日

榎本好宏

著者略歴

榎本好宏（えのもと・よしひろ）

昭和12年（1937）東京生まれ。昭和45年、師・森澄雄の「杉」創刊に参画、同49年から18年間編集長。現在、俳誌「航」主宰、「件」同人、読売新聞地方版選者。

著書に『森澄雄とともに』『季語の来歴』『六歳の見た戦争』『懐かしき子供の遊び歳時記』（俳人協会評論賞）『季語成り立ち辞典』など、句集に『会景』『祭詩』（俳人協会賞）『知覧』『南溟北溟』など。

俳人協会評議員、日本文藝家協会、日本エッセイスト・クラブ各会員。

句集　青簾　あおすだれ

初版発行　2018（平成30）年8月15日

著　者　榎本好宏
発行者　宍戸健司
発　行　一般財団法人 角川文化振興財団
〒102-0071 東京都千代田区富士見 1-12-15
電話 03-5215-7819
http://www.kadokawa-zaidan.or.jp/
発　売　株式会社 KADOKAWA
〒102-8177 東京都千代田区富士見 2-13-3
電話 0570-002-301（カスタマーサポート・ナビダイヤル）
受付時間　11:00 ～ 17:00（土日 祝日 年末年始を除く）
https://www.kadokawa.co.jp/
印刷製本　中央精版印刷株式会社